46 TABLEAUX

DE L'ÉCOLE MODERNE

FORMANT PARTIE DE LA

REMARQUABLE COLLECTION DE M. S***

— Avant hier a eu lieu, à l'hôtel Drouot, une vente importante, celle de la collection Strausberg, composée de quarante-six toiles, toutes de premier ordre.

Total de la vacation, 490,402 fr.

Six tableaux de Fromentin ont été adjugés 55,500 francs.

Bonheur, de Gallait, très-remarqué à l'exposition, 20,300 fr. Malheur, du même, 25,000 francs.

Intérieur d'un gynécée, de Gérôme, 18,000 francs. Intérieur d'un bois, œuvre capitale, de Koekkoek, 27,100 fr. La Famille de Guttenberg, de Leys, 18,700 fr. Mosquée dans la Basse-Egypte, de Marilhat, 20,000 fr.

Le Sac de Rome (1527), un Concile sous Clément XI, le Colloque de Poissy en 1561, et l'Atelier du Titien, de Robert Fleury, ensemble 38,700 fr.

Le Pêcheur, de Théodore Rousseau, 20,800 francs; Site de montagnes, du même, 15,000 francs; Environs d'Honfleur, de Troyon, 26,000 francs; la Récolte de pommes, du même, 11,000 fr.; Paysage, de Dupré, 13,000 fr.; l'Orage, la Sainte Famille, l'Abandonnée, de Diaz, ensemble, 23,900 fr.; Taureau menaçant un chien, de Brascassat, 19,500 fr.

CATALOGUE

DE

46 TABLEAUX

DE L'ÉCOLE MODERNE

FORMANT PARTIE DE LA

REMARQUABLE COLLECTION DE M. S***

VENTE

Le Mardi 31 Mars 1874

à deux heures 1/2 précises

HOTEL DROUOT, SALLES 8 ET 9

Par le ministère de Me CHARLES PILLET, Commissaire-Priseur,
10, rue de la Grange-Batelière,

Assisté de M. DURAND-RUEL, Expert, 16, rue Laffitte.

Chez lesquels se trouve le présent Catalogue.

EXPOSITIONS :

PARTICULIÈRE	PUBLIQUE
Le Dimanche 29 Mars 1874.	*Le Lundi 30 Mars 1874.*

DE UNE HEURE A CINQ HEURES.

CONDITIONS DE LA VENTE

Elle sera faite au comptant.

Les acquéreurs payeront, en sus des adjudications, *cinq pour cent* applicables aux frais.

Ce Catalogue se distribue :

A PARIS

Chez MM. Charles Pillet, commissaire-priseur, rue de la Grange-Batelière, n° 10.

Durand-Ruel, Expert, 16, rue Laffitte.
Francis Petit, 7, rue Saint-Georges.

A L'ÉTRANGER.

Londres, chez MM. Pilgeram et Lefèvre, 1, King street, St-James's square.
— Durand Ruel, 168, New Bond street.
Bruxelles, Étienne Leroy, 8, rue des Chevaliers (avenue de la Toison-d'Or).
Rotterdam, Dirc Lamme, conservateur du Musée.
Amsterdam, Schouten.
La Haye, Goupil et Cᵉ, Plaatz, 14.
Vienne, Kaeser, 2, Bogner-Gasse.
Berlin, Lepke, 4, Unter den Linden.

Paris. — Imp. Pillet fils aîné, 5, rue des Grands-Augustins.

En énumérant simplement les œuvres qui forment la collection S., on en dénonce l'importance et on est sûr d'attirer l'attention des amateurs. L'ensemble se compose de quarante-six toiles, la plupart de dimensions moyennes, toutes dues à des artistes vivants ou contemporains, d'une exécution achevée et d'une expression souvent caractéristique du talent de chaque peintre.

C. TROYON est représenté par deux œuvres : *la Récolte des Pommes* (43) et *Environs de Honfleur* (42). Dans le premier paysage, il a accumulé dans un enclos plein de soleil, les éléments de dix tableaux qu'il peindra plus tard ; et dans le second, il a cherché à rendre l'aridité des plaines au bord des côtes, où des arbres malingres, battus par les vents, penchent sous la rafale; des moutons cheminent à la lisière d'un bois; la mer, à l'horizon, se confond avec la ligne des nuages. La première toile, où la Seine se joue à l'horizon, est une toile heureuse et gaie; la seconde est sobre, large d'exécution, d'une belle ligne et d'une impression juste.

Théodore Rousseau, avec *le Pêcheur* (37) et un *Site de montagnes* (38), fait penser à Turner, à Constable, à Bonington et aux coloristes français de la période romantique. Le caractère de ces deux tableaux en dirait la date. On sent les influences littéraires de l'époque dans ces belles pages chaudes et puissantes, dorées par le temps, et qui ont pris, sous sa patine, des tons d'agathe et des reflets marbrés.

Robert-Fleury a quatre toiles : *le Sac de Rome en 1527* (33) ; un *Concile sous Clément XI* (34) ; *le Colloque de Poissy* (35) et *l'Atelier du Titien* (36).

Sur le pont Saint-Ange le sang se mêle à la pourpre des cardinaux; des patriciennes échevelées sont outragées par des lansquenets ivres; les sanctuaires sont violés et l'or ruisselle aux mains des pillards. Partout le meurtre et le pillage; le Tibre roule des cadavres, et les flammes de l'incendie dorent de leurs reflets le dôme de Saint-Pierre et le môle d'Adrien, où s'agite tout un peuple en armes.

Le Colloque de Poissy est depuis longtemps célèbre et

reste marqué du caractère absolu de ce rude temps des guerres de religion. C'est le privilége de Robert-Fleury, d'entrer aussi avant dans une période historique ; il va au delà de cette ressemblance extérieure qu'on obtient à coup de costumes et de documents, il pénètre, et évoque l'âme d'une époque. *Le Concile sous Clément XI* a la belle austérité que comporte le sujet ; les personnages font corps avec l'architecture calme et noble. C'est toujours une entreprise difficile pour un artiste d'évoquer des figures historiques et de les rendre vivantes aux yeux de ceux qui se sont fait un idéal dont ils ont de la peine à se départir. En introduisant Michel-Ange et Vasari dans *l'Atelier du Titien*, M. Robert-Fleury donne un corps à ces grandes physionomies d'artistes de la Renaissance et rend la majesté dont l'imagination se plaît à parer ces princes de l'art. Dans toutes ces œuvres le coloris est sobre, harmonieux, contenu et riche dans son austérité.

La Mosquée dans la Basse-Égypte (32), de Marilhat, faisait d'abord partie de la galerie du duc d'Orléans et passa depuis dans celle de San Donato. C'est, dans l'œuvre de Marilhat, une des toiles les plus importantes. Avec les qualités de lumière et de caractère, spéciales au peintre de l'Orient, il y a là encore d'autres mérites de style et de composition. C'est riant aux yeux, tout en restant noble et paisible, et les premiers plans, formés d'une végétation luxuriante qui se mire dans de fraîches eaux, donnent un caractère heureux à cette vue d'Orient, empreinte d'un grand caractère.

A côté des Troyon, des Rousseau, de Jules Dupré, qui a trois toiles, dont une, *le Pêcheur* (12), est importante par sa dimension, par son beau caractère et par l'air et la lumière qui circulent dans le ciel, un paysagiste très-connu à l'étranger, mais très-éloigné des tendances de notre École, B. C. Koekkoek, arrêtera l'attention de tous et intéressera ceux-là même qui ne sont point partisans de son procédé. Ce peintre pénètre dans *l'Intérieur d'un bois* (28) et il rend tout ce qu'il voit, sans aucun sacrifice. Il exprime l'arbre, le tronc, la branche, la ramure, la mousse, les lichens, et la goutte de rosée qui tremble sur les larges feuilles. C'est étonnant de vérité, et il semble qu'on ait sous les yeux un grand morceau de nature coupée, avec tous ses accidents et son monde des infiniment petits qui végètent à l'ombre des grands chênes.

Brascassat, dont la réputation a survécu et peut-être a grandi, arrêtera le public. Il nous montre un *Taureau menaçant un chien* (3), toile tout à fait capitale dans son œuvre, bien faite pour honorer une école, et un *Pâturage à l'automne* (4), avec des moutons nature, d'une étonnante vérité. Ces deux tableaux, d'une brosse très-virile, d'un ton solide, d'une touche ferme, indiquent une connaissance approfondie de l'animal.

Les six sujets d'Afrique de FROMENTIN appartiennent à une époque déjà bien ancienne, et on sera étonné de voir que, vers 1850, l'artiste, si jeune encore, arrivait déjà à une expression aussi complète. Il y a là des haltes aux blanches fontaines, des femmes arabes revenant du marché et regagnant leur village aux murs ensablés, des chasses au faucon, une caravane au repos, sous des ciels ambrés, transparents, irisés, bien empreints du caractère du pays, scènes toujours animées par de jolies figures finement peintes, par des chevaux aux robes nacrées, et de belles silhouettes de chefs arabes aux nobles gestes.

GÉRÔME a son *Intérieur de Gynécée* (23), célèbre déjà, et qui sort de la galerie du prince Napoléon. Une toute petite toile, — un *Pâtre de la campagne de Rome* (24), — arrêtera les amateurs, si restreint et si simple que soit le sujet, car, à part le caractère de la figure qui rentre dans l'exécution habituelle à l'artiste, les fonds, tout pleins d'une brume contre laquelle lutte le soleil; et les moutons perdus dans le brouillard, sont rendus avec une vérité d'impression assez particulière dans l'œuvre.

ISABEY, dans une *Plage à marée basse* (26) et un *Intérieur d'Église* (25), oppose à l'artiste soigneux, précis, large cependant dans l'expression et très-consciencieux dans le rendu, qui peignait vers 1825; le peintre de la seconde manière (peut-être même de la troisième), qui brosse désormais avec verve, avec un entrain sans rival, un rare esprit d'installation, et une grande entente de la décoration.

Les trois DAUBIGNY feront honneur à ce paysagiste, car, préoccupé d'effets très-opposés, il a bien saisi sur la nature l'expression charmante d'un *Matin* (16) au bord d'une rivière, et la mélancolique impression d'un *Soir* (7) où peu à peu, aux dernières lueurs d'un soleil qui s'éteint, les teintes envahissent la terre.

EUGÈNE LAMI déroutera sans doute bien des amateurs qui prononceront le nom de Géricault devant son *Départ pour la chasse* (29), provenant de la collection Demidoff et signé 1832.

L'Ecole Belge moderne est brillamment représentée par quatre artistes; LEYS soutient sa réputation avec deux bonnes œuvres d'un beau caractère et d'une très-belle tenue comme exécution. *Le Liseur* (31) est véritablement d'un maître, et, dans *la famille de Gutenberg* (30), on sent un artiste convaincu, patient sans sécheresse, préoccupé du caractère dans l'expression et dans la composition, comme il cherche aussi l'harmonie du tableau et son aspect pictural.

L. GALLAIT, dans ses deux pendants, *Bonheur* et *Malheur* (21-22), montre les qualités qu'on a appréciées ici lorsqu'il prit part à nos expositions annuelles, avec ses grandes compositions dramatiques. Sa mère en pleurs invoquant Notre-Dame-des-Sept-Douleurs, est d'un sentiment touchant et d'une émotion profonde.

A. Stevens et Willems ont chacun une œuvre, le premier *Un Moine guerrier* (41), peinture saine et forte, le second *Les fleurs du Jardin* (45), une figure de femme de très-petite dimension, d'une touche délicate et gracieuse, et dont Terburg aurait signé la robe.

Diaz a un paysage, l'*Orage* (9), d'une dramatique impression. Voici plusieurs fois que nous constatons que M. Diaz, voué aux grâces et aux chatoyantes couleurs, peut faire éprouver une émotion vive, rien que par l'harmonie des tons et l'aspect tourmenté d'un ciel orageux. A côté de son beau paysage, il a deux tableaux de figures, l'*Abandonnée* (11), femme nue, aux chairs vivantes et dorées, une *Sainte-Famille* (10), toile plus mondaine que religieuse, prétexte évangélique à de chatoyantes couleurs et de gracieuses nudités.

Comte, le consciencieux artiste, qui cherche le caractère et la vérité historique, est représenté dans la collection par cette curieuse composition qui a figuré il y a quelques années au Salon, où *Louis XI malade* (5), se dresse sur son coude pour voir danser, au son de la flûte d'un Bohémien, deux petits cochons bizarrement affublés de costumes.

Ziem a *la Rue de la Marine, à Venise* (46). Les

deux Achenbach ont *une Vue de Naples, effet d'orage* (1) et *le Retour des Pêcheurs, effet du soir* (2). Jacque peint des *Poules* (27), et Schreyer une toile importante, *la Mort du Chef* (40). Saint-Jean et Van os enfin, avec des natures mortes (39 et 44); complètent l'ensemble des quarante-six toiles qui forment cette collection S....

Charles Yriarte.

TABLEAUX

ACHENBACH

(OSWALD)

1 — Vue de Naples, effet d'orage.

Le quai qui borde la plage et la mer est animé de nombreuses figures de promeneurs, de marchands et de pêcheurs que l'orage fait fuir de tous côtés. Le vent souffle, la pluie commence à tomber, mais la mer est encore calme et éclairée par un dernier rayon de soleil.

Tableau plein de mouvement et d'une exécution très-large.

Haut., 1 m. 27 cent.; larg., 1 m. 09 cent.

ACHENBACH

(ANDRÉ)

5.900. **2 — Le Retour des pêcheurs, effet de soir.**

La lune projette sa lumière sur la plage à marée basse et les barques échouées sur le sable. Les pêcheurs remontent vers le village dont on aperçoit les feux dans la brume du soir.

Haut., 56 cent.; larg., 1 m. 05 cent.

BRASCASSAT

19.500. **3 — Taureau menaçant un chien.**

Un superbe taureau noir et blanc s'apprête à fondre sur un chien de berger qui gronde après lui tout en protégeant la fuite des moutons effrayés.

Au fond, on aperçoit plusieurs vaches.

Ce tableau, daté de 1857, est une des œuvres les plus capitales de Brascassat, et de sa plus belle exécution.

Haut., 1 m. 25 cent.; larg., 1 m. 62 cent.

BRASCASSAT

4 — **Pâturage à l'automne.**

Un troupeau de moutons est au repos dans une prairie brûlée par le soleil ; au second plan, on voit la hutte du berger, près de la barrière qui ferme l'enclos.

Le ciel est chaud et lumineux.

Haut. 1 m. 12 cent.; larg. 1 m. 47 cent.

COMTE

5 — **Louis XI malade.**

Pendant une maladie du Roi, on fit monter un jour dans sa chambre des Bohémiens qui faisaient danser des petits cochons.

Salon de 1869.

Haut., 72 cent.; larg., 1 m. 05 cent.

DAUBIGNY

3.400. 6 — **Bords de l'Oise. Le Matin.**

Haut., 40 cent.; larg., 72 cent.

DAUBIGNY

2.950. — **Bords de l'Oise. Le Soir.**

Haut., 39 cent.; larg., 67 cent.

DAUBIGNY

4.100. 8 — **Paysage, temps gris.**

Haut., 30 cent.; larg., 62 cent.

DIAZ

(NARCISSE)

9 — **L'Orage, paysage.**

Le ciel est chargé de gros nuages noirs dont les ombres obscurcissent la plaine; un dernier rayon de soleil l'éclaire encore d'une traînée lumineuse.

Un berger, suivi de son chien, s'enveloppe de son manteau et se hâte de fuir devant l'orage.

Tableau d'un effet saisissant et d'une coloration très-puissante.

Haut., 60 cent.; larg., 85 cent.

DIAZ

(NARCISSE)

10 — **Sainte Famille.**

La Vierge, assise près de sainte Anne, sur un tertre, au milieu d'un bois, tient l'enfant Jésus sur ses genoux et lui présente une fleur ; saint Jean s'approche d'eux. Un rayon céleste passant à travers les branches des arbres éclaire toute cette scène.

Ce tableau, qui sort des compositions ordinaires du peintre, a toutes ses qualités de couleur et de lumière.

Haut., 51 cent.; larg., 46 cent.

DIAZ

(NARCISSE)

11 — L'Abandonnée.

Seule, dans un bois, assise au bord d'une mare, le visage caché dans ses deux mains, elle pleure.

Haut., 32 cent.; larg., 23 cent.

DUPRÉ

(JULES)

12 — Paysage, le Pêcheur.

Un groupe de grands arbres qui ombragent un étang, se détachent sur un ciel couvert de nuages. Au premier plan, un pêcheur dans son bateau; au loin la prairie.

C'est une page d'une vigueur remarquable et d'une grande importance.

Haut., 85 cent.; larg., 1 m. 11 cent.

DUPRÉ

(JULES)

3.400. 13 — **La Mare au vieux chêne.**

Haut., 32 cent.; larg., 46 cent.

DUPRÉ

(JULES)

14 — **Paysage.**

Haut., 46 cent.; larg., 38 cent.

FROMENTIN

11.100. 15 — **Caravane au repos.**

Une immense caravane est arrêtée et campée dans le désert.

Il faut renoncer à décrire les détails infinis de cette composition, exprimant si bien le caractère de la vie arabe et dont les personnages sont groupés de la façon le plus pittoresque.

Haut., 44 cent.; larg., 1 m. 05 cent.

FROMENTIN

16 — **Les Bords du Nil.**

Le fleuve dont les eaux sont basses traverse la plaine en serpentant. Sur la rive opposée, on aperçoit les pyramides et les remparts d'une petite ville.

Une caravane est arrêtée au bord de l'eau, les dromadaires sont déchargés, les hommes se baignent où se reposent groupés à terre.

Haut., 70 cent.; larg., 1 m. 09 cent.

FROMENTIN

17 — **Chasse au faucon.**

Des cavaliers arabes, arrêtés au bord d'une rivière, suivent attentivement le vol de l'oiseau chasseur.

Haut., 37 cent.; larg., 60 cent.

FROMENTIN

18 — **Femmes arabes.**

Un groupe de femmes, chargées de lourds fardeaux, se dirigent vers une ville dont on voit tout près la ligne de murailles.

Haut., 32 cent.; larg., 49 cent.

FROMENTIN

19 — **Arabes à la fontaine.**

Des Arabes abreuvent leurs chevaux à une fontaine ombragée de grands arbres.

Haut., 34 cent.; larg., 27 cent.

FROMENTIN

20 — **Les Prisonniers.**

Des prisonniers, conduits par des cavaliers arabes, sortent d'un petit bois et descendent dans un ravin.

Haut. 34 cent.; larg., 27 cent.

GALLAIT

21 — **Bonheur**.

Une jeune mère, assise sur une terrasse ombragée d'une treille et dominant un lac, tient sur ses genoux un enfant nu qu'elle regarde avec joie.

Le ciel est clair et tout brillant de soleil.

Haut., 95 cent.; larg., 74 cent.

GALLAIT

22 — **Malheur.**

Une pauvre femme, tenant deux enfants dans ses bras, prie en pleurant devant une image de la Mère de douleurs.

Le ciel est sombre et plein de tristesse.

Haut., 95 cent.; larg., 74 cent.

GÉROME

23 — **Intérieur d'un Gynécée.**

Ce tableau provient de la collection du prince Napoléon, c'est une composition de six ou sept figures pleine de charme et d'une exécution très-précieuse.

Haut., 64 cent.; larg., 88 cent.

GÉROME

24 — **Pâtre de la campagne de Rome.**

Debout dans la plaine, il surveille de loin son troupeau.

Daté 1855.

Haut., 28 cent.; larg., 23 cent.

ISABEY

(EUGÈNE)

25 — **Intérieur d'Eglise.**

Le prédicateur descend de sa chaire, au milieu des fidèles agenouillés à terre dans l'attitude du recueillement.

L'église est richement décorée de tapisseries et de draperies, qui mettent presque toute la scène dans la demi-teinte.

Daté 1858.

Haut., 64 cent.; larg., 49 cent.

ISABEY

(EUGÈNE)

26 — **Plage à marée basse.**

A droite, une vieille tour domine quelques maisons de pêcheurs ; à gauche, la mer avec un bateau à l'ancre ; au premier plan, deux chevaux, qu'on vient de dételer d'une charrette, sont retenus par des enfants.

Tableau d'une grande finesse d'exécution.

Haut., 50 cent.; larg., 80 cent.

JACQUE

(CHARLES)

27 — **Coq et Poules près d'un bâtiment de ferme.**

Haut., 24 cent.; larg., 33 cent.

KOEKKOEK

(B. C.)

28 — **Intérieur d'un bois.**

Ce tableau, qui a figuré au salon de 1843, à Paris, est certainement l'œuvre capitale de Koekkoek; il représente un grand bois plein de lumière et de soleil, un ruisseau s'est frayé un chemin dans les pierres, un paysan et une femme qui gardent des vaches sont assis au bord de l'eau; on aperçoit au fond, sous les grands arbres, une cabane de bûcheron couverte de chaume.

Haut., 1 m. 77 cent.; larg., 1 m. 60 cent.

LAMI

(EUGÈNE)

5.050. 29 — **Le Départ pour la chasse.**

Les apprêts du départ se font dans la cour de la ferme d'un château, les palefreniers attèlent une berline à quatre chevaux, le piqueur est déjà à cheval, un domestique le précède, conduisant trois chevaux, les jockeys se préparent, les chiens attendent, un groupe d'enfants regarde curieusement tout ce mouvement.

Collection de San Donato.

Daté 1833.

Haut., 47 cent.; larg., 80 cent.

LEYS

18.900. 30 — **La Famille de Guttenberg.**

La famille de Guttenberg se rend à la promenade, tel est le sujet de cette composition de six figures, remplie d'originalité et de caractère alliés à une coloration et à une exécution remarquable.

Haut., 64 cent; larg., 51 cent.

LEYS

31 — **Le Liseur.**

Un jeune homme, debout, vêtu d'un costume du moyen âge, semble faire une recherche dans un livre qu'il tient à la main ; tout, dans cet intérieur, indique qu'on est chez un savant : livres, portefeuilles, tableaux, etc., sont pêle-mêle autour de lui.

Exposition universelle, 1867.

Daté 1860.

Haut., 44 cent.; larg., 35 cent.

MARILHAT

32 — **Mosquée dans la Basse Egypte.**

Ce tableau, un des plus importants de Marilhat, faisait partie de la vente de la galerie du duc d'Orléans et ensuite de celle de San Donato ; il est décrit ainsi au catalogue de cette dernière.

Au milieu d'un paysage de la plus luxuriante végétation, s'élève une riche mosquée dont la coupole brillante se détache lumineuse sur le ciel ; un groupe de baobabs mêlés à des dattiers étendent leur ombre sur des tombeaux. Des ibis viennent boire à une eau limpide qui baigne les murs de la mosquée.

Daté 1834.

Haut., 1 m. 55 cent.; larg., 2 m. 26 cent.

ROBERT FLEURY

33 — **Le Sac de Rome (1527).**

La scène se passe sur le pont Saint-Ange, devant le château : on aperçoit dans le fond, au milieu des flammes, le dôme de l'église Saint-Pierre ; la ville est au pillage, les cardinaux, les femmes, les enfants sont traînés et renversés par les soldats du connétable de Bourbon.

Cette composition importante est pleine de mouvement et d'épisodes dramatiques.

Daté 1858.

Haut., 1 m. 00 cent.; larg., 1 m. 45 cent.

ROBERT FLEURY

34 — **Un Concile sous le pape Clément XI.**

Le concile est assemblé pour entendre la lecture du fameux formulaire, à propos du livre de Jansénius.

Daté 1859.

Haut., 91 cent.; larg., 1 m. 29 cent.

ROBERT FLEURY

9.000.

35 — **Le Colloque de Poissy en 1561.**

Cette conférence eut lieu en présence de Catherine de Médicis et du jeune roi. Théodore de Bèze porta la parole pour les protestants.

Réduction avec variante du tableau exposé au salon de 1840.

Haut., 91 cent.; larg., 1 m. 29 cent.

ROBERT FLEURY

5.900.

36 — **L'Atelier du Titien.**

Michel-Ange et Vasari sont reçus par Titien dans son atelier, au moment où il termine le portrait du pape.

Haut., 83 cent.; larg., 1 m. 02 cent.

ROUSSEAU

(THÉODORE)

37 — **Paysage, le Pêcheur.**

Cette page importante est très-pittoresque de composition, une rivière coule au milieu de terrains accidentés de montagnes et de rochers, un pont donne accès à un village, dont on aperçoit le clocher à demi perdu dans des arbres.

Au premier plan, un pêcheur gravit un des rochers qui bordent la rivière.

Ce tableau est d'une très-belle coloration.

Haut., 84 cent.; larg., 1 m. 36 cent.

ROUSSEAU

(THÉODORE)

38 — **Paysage, Site de Montagnes.**

Un torrent répand ses eaux au milieu des sapins et des rochers. Au premier plan, un arbre brisé; à droite, un bois de sapins ; au fond, des montagnes.

Ce tableau dont la composition sort du style préféré depuis par Rousseau, est d'une exécution très-ferme, mêlée à une coloration très-puissante et transparente à la fois.

Haut., 90 cent.; larg., 1 m. 15 cent.

SAINT JEAN

39 — **Le Goûter.**

Une grappe de raisin noir, tenant encore à la branche, est posée à terre sur une large feuille.

Haut., 30 cent.; larg., 38 cent.

SCHREYER

40 — **La Mort du chef.**

Un Arabe, monté sur un cheval gris qui se cabre, furieux, aperçoit à terre le corps de son chef, étendu mort à côté de son cheval.

Effet du soir.

Haut., 1 m. 20 cent.; larg., 2 m. 00 cent.

STÉVENS

(ALFRED)

3,750.

41 — Un Moine guerrier.

Il est revêtu d'une cuirasse par-dessus son costume religieux, et remet son épée au foureau.

Son casque est à terre près de lui.

Haut., 43 cent.; larg., 32 cent.

TROYON

26.000.

42 — Environs d'Honfleur.

La vue est prise au sommet de la côte, on aperçoit la mer au loin, un chêne est isolé au milieu de ce paysage plein d'air et de lumière; un troupeau de moutons suit en paissant à droite et à gauche, un chemin tracé dans l'herbe, et qui conduit à un petit bois.

Ce tableau est d'une vérité saisissante.

Paysage vert - grande [illegible] . [illegible] paraît un peu vide.

Haut., 80 cent.; larg., 1 m. 17 cent.

TROYON

11.100. **43 — La Récolte des pommes.**

C'est un paysage de Normandie, plein de vie, d'animation et de soleil ; à gauche, de grands pommiers chargés de fruits, que des paysans sont en train de gauler ; à droite, des habitations aux toits de chaume. Un homme monté sur un cheval cause avec un autre qui rapporte la récolte de pommes ; au fond, on aperçoit à travers les arbres le cours de la Seine bordée de coteaux.

Haut., 59 cent.; larg., 80 cent.

VAN OS

44 — Gibier et Fruits.

Un faisan et un pigeon sont suspendus au-dessus d'une table de pierre chargée de fruits, citrons, grenades, ananas, etc.

Haut., 91 cent.; larg., 72 cent.

WILLEMS

(FLORENT)

4.900 45 — **Les Fleurs du jardin.**

Une jeune femme, vêtue d'une robe de satin rose assise dans un intérieur, compose un bouquet des fleurs qu'elle vient de rapporter dans son chapeau de paille.

faible . . Haut., 27 cent.; larg., 21 cent.

ZIEM

3.100. 46 — **La Rue de la Marine, à Venise.**

On aperçoit au fond, la Douane et l'église de la Salute.

Haut., 68 cent. larg., 54 cent.

www.ingramcontent.com/pod-product-compliance
Ingram Content Group UK Ltd.
Pitfield, Milton Keynes, MK11 3LW, UK
UKHW020513180726
13839UKWH00005B/2059

9 782329 474939